嘿，你知道嗎？
一切的美好都是關於你。

DOROTHY 著

表白
那些說不出口的話

CONTENTS

CHAPTER .2

謝謝你，
成就我的
酸甜歲月

朋友

前言

一直以來，我深信著話語能帶給別人很大的力量。

也許對你來說，它們不過只是不經意脫口而出幾個字，幾個經過時間的流逝而漸漸被淡忘的句子，可是對於某個時候的我來說，它們是我的全部，是那個時候擁有的所有力量。

一句話，也許就給了一個人依靠；一句話，也許就能給一個人更多的美好。

在過去的日子裡，我們說謝謝，我們說愛，但謝謝是什麼？愛是什麼？我想，對現在的很多人來說，它們不過是語助詞，沒有實際意義的，但就只是大家都在說。一旦這些字不再有意義，不再是發自內心，那我們還會不會在白日裡的大樹下寫信？那你還會不會記得給我回信呢？
不會了，因為再也沒有人相信文字。不論是那些已說出口的，或是那些還來不及說出口的。

科技帶來了方便，也帶來了一些距離但你看不見，不在身邊的人，心也不在了，方便帶來了隨便，然後我們也變得疏遠。常常想，要是能見一面就好了，見面後我要告訴你我心裡面的全部，面對面的，看著你笑時眼睛彎彎的弧度，看著你然後真摯地向你表白真正的自己。

那些默默陪伴在你身邊的人，其實也正在等待著你能給他們一點點的在意，說說你也想他，問問這個周末你有沒有要去哪裡，一個發自內心的問候，都能讓他長長久久的記在心裡，也許他會在好久以後的某一天向你提起那些你們說過的字字句句，那些你們透過言語表達的溫暖與感動，想念與真心。

從哪個時候開始，逃避感情讓你成為孤單的人；從哪個時候開始，逃避自己讓你顯得誰都不屬於；從哪個時候開始，你快樂只是因為別人希望看見你快樂；從哪個時候開始，你做什麼都只是因為別人給予你什麼樣的期許。

現在開始，對著你在乎的人說出你的心聲，無關乎利益，就只因為你的心有話想說，拋開你的彆扭與那所謂的自尊，告訴他們你也需要他們，告訴他們每一個他的存在都是珍貴的很有意義的。

「因為是你們，所以我在乎。」告訴他們吧。

也許這本書不單單只是你們的表白書，也包含了一路走來，我想對你們表白的心裡話。

這本書獻給我的家人，我好愛你們。　　　── Dorothy

不擅表達但卻是

愛你最深的

家

人

家人，是永恆的陪伴。

是最初陪伴你的人，也許也是最終陪伴你的人。

從幼稚懵懂，到成熟穩重；從任性固執，到學會尊重。每一個階段的學習成長，都讓你長成更好的人，無論你在外面經歷了什麼樣的困境，家的力量總是能使你重新站起。

家是一個學習愛和尊重的地方。記得從好小的時候，爸爸媽媽會認真嚴肅的教導著哪些話不可以說，哪些事不可以做，男生遇到不如意的事時，也不可以輕易地讓眼淚滑落，女生的行為舉止不可以粗魯，也不可以大聲喧嘩要輕聲細語。那麼多的「不可以」漸漸成為了你給自己的規定，在公共場合裡，表現出的是約束過後的你，爸爸媽媽總說，這是你給別人的尊重，也是你能給予自己的尊重。但在家裡，你總是能放心的表現出最真的自己，因為那裡是家，那裡充滿了真心愛你的人，是互相包容的彼此，才可以有著那麼深厚的感情。

能一起生長在這個家，是緣分。

是這一生中，最重要的人，最愛的人。

像超人一樣的陪伴。

是厚實的肩膀與展開的雙臂，
教會我們責任承擔與勇敢飛翔。

是句句的叮嚀與日夜的關心，
教會我們珍惜擁有和珍惜生命。

謝謝他們陪我們走過年幼無知和青春叛逆。
謝謝他們是我們的家人，是我們的父母親。

謝謝你們不曾離開，謝謝你們一直都在。

是個適合擁抱的季節。

是個適合裹同一條毯子看星星的冬天。

懷念你的溫度，你笑時揚起的嘴角和彎起的眉毛。

懷念給那些星星講故事時，

彼此的天真無邪與單純浪漫。

無盡的黑後你會看見一絲的光芒，然後是一大片的光亮。

我們會是這片天空下，

彼此的信仰。

你是我眼中的蘋果。

擁有了一群真心的朋友。

擁有了一直默默給予包容與溫暖的家。

房間裡的小燈總是為你點著。

冰箱裡的晚餐總是為你多留一份。

怕你餓。

怕你回來還累著。

所以準備了最好的一切。

迎接對他們來說很珍貴的人。

因為那是最親愛、最親愛的你。

害怕聽到你的聲音。

害怕收到你的訊息。

一個人努力的工作。

一個人努力的生活。

以為自己足夠堅強了，

但總是在電話的另一頭眼淚潰堤。

每一次的相聚都令人捨不得道別。

看見你們站在對街。

輕輕地揮揮手向你們說了再見。

你們還是開著那台曾日日夜夜接送我們上下學的車。

那台車乘載了無數悲傷和快樂，又老又舊也褪了色。

默默的目送，直到你們消失在路的盡頭。

想起了以前在校門口，

你們也向我們這樣做過。

他們要的不多，但我們卻往往給的更少。

記得上一次和父母牽手時是好小的時候。

記得和父母談心時總是過多的不耐煩與彆扭。

簡單的一通電話、簡單的一句問候。

簡單的一頓晚餐、簡單的一個牽手的動作。

讓父母知道你好好的，你還惦記著他們。

他們也就別無所求。

也許你不知道，從來都是他們愛你愛的比較多。

他的眼神中總是充滿著對你的關懷與心疼。

好久不見的某一天。

難得團圓的中秋節。

雖然只淡淡的問了在外過得好嗎？工作順利嗎？

但每一個字都藏進了無盡的思念。

藏進了他會永遠守護著你的承諾和一生的陪伴守候。

別讓時間帶走了對他們的真心。

不管多久以後，
還是要記得去握握那雙皺巴巴的手。

去摸摸那已斑白的頭髮。
去抱抱那曾經依靠著的肩膀，那曾經是為你存在的避風港。

去抱抱很脆弱的，那個年紀的爸爸媽媽。

卸下防備吧，在家人面前。

話總是搶在彼此前面說。

令人受傷的，令人心碎的。

你說那是保護自己，

但不經意脫口而出的那些銳利話語，

都能把愛你的人傷得最深。

你說你看不清楚怎樣是愛，但你卻能把恨看得透透徹徹。

你要過得好睡得好。

流星劃過天際。

劃破了思念你的味道滿溢在他的黑夜。

他用他的幸運向流星許願把好運帶給你。

把好夢帶給你，把好的人帶給你，把更好的你帶給自己。

因為有一個人值得他祈禱。

只要你平安快樂，他也就好。

一個人也要過得很好，答應我好嗎？

去公園散散步吧。

去大樹下野個餐或喝喝茶。

也許未來的我很難再時時伴在身旁。

但我會常常給你打電話，聽聽彼此的聲音也就不孤單。

也許不是努力就能做好的事，
但如果不努力就絕對無法做好每一件事。

有太多的爭執在每個細節。

總是覺得他們不懂，他們永遠無法理解。

但他們也曾走過你現在的年紀，

走過你現在的傲氣，走過你現在的困境。

所以，請給他們一些時間去適應這自尊這叛逆。

但也請別忘了將心比心。

親愛的別失望，一定會有的。

有沒有一個人。

當全世界都在嘲笑你的夢想，

唯有他跟你一樣認真。

有沒有一個人。

當全世界暗得只剩下灰黑色，

但唯有他幫你點了盞燈。

有沒有一個人。

當世界上再也沒有人願意被看得透徹，

但唯有他願意讓你看進他的心。

深深的。

她不在乎吃得好不好或穿得好不好。

她不在乎頂著大太陽奔波或撐著傘工作。

她只在乎你有沒有多吃一點菜，多吃一點肉。

她只在乎你穿得暖不暖和，

總會告訴你累了就回家吧，家永遠是避風港。

用包容與愛，

維護了一個家。

用堅毅與勇敢，

陪伴我們成長茁壯。

她，就是媽媽。

謝謝你們一路的付出，成全了這個家。

午後擁擠的市場。

傍晚溫暖的小廚房。

早晨匆忙的烤了吐司煎了蛋。

家門口前的叮嚀和每天都會說的路上小心早點回家。

他們也許不是最完美的爸爸媽媽。

但再也不會有誰像他們那麼真心真意的愛你啊。

他們也許不是最完美的爸爸媽媽。

但他們卻願意付出一切，只為了讓你好好的成長。

CHAPTER.2

謝謝你,成就我的

酸甜歲月

朋月

友

人山人海中，你和他成為了朋友，
在一大群朋友中，他又是你最好的一個。

其實打從心底的感激這個緣分，因為這個緣分，讓自己在
孤單脆弱的時候能多一個他的陪伴，在害怕無助的時候多
一個他的幫忙。

很多時候，不知道怎麼跟家人開口的事，卻很容易很自然
的向身邊的朋友訴說，那種感覺就像你和他是共同體。在
學校時分享功課，分享悲傷也分享快樂。在學校外的日子
裡更分享了平日裡不會表現的自己，譬如吃章魚燒時喜歡
加很多的柴魚，譬如逛街時喜歡哼的歌曲。

這些只有你知道的，就算是友誼了。

風若吹過，你和他就一起享受風。
雨若來過，你和他就一同跨著水窪走。

各自分離後，你和他一齊努力邁向更好的生活。
不論多久以後，你和他心裡都深深的明白，你們還是永遠
不變的好朋友。

那樣，就足夠。

嘿，謝謝你溫暖的存在。

天黑的時候。

天亮的時候。

勇敢的時候。

脆弱的時候。

你就像星辰，就像無所不在的微風。

默默的卻堅毅的，伴在我的左右。

即使我們分散了，但美好的回憶都相聚了。

操場上的加油聲。

籃球場上的體育課。

寫進每個心情每個秘密的日記本。

還有你我他填滿的青春。

我多麼希望你對這世界還保有希望。

因為你是如此美好。

因為你值得相等的好。

_____

_____

即使過了青春的年紀，
但關於青春的一切將會永遠收藏在心底。

還留在教室的嬉鬧聲。

還留在辦公室的問候聲。

所有的青春依稀還留在這。

留在我們待過的每一個陽台和每一棵大樹下。

留在我們走過的每一片天空下和每一條走廊。

簡單的真心，簡單的關係。

真心的朋友是，
傳訊息不是為了特定的利益，
只是想知道你過得還可不可以。

真心的朋友是，
即使你陷入困境，
他還是會待在身邊陪你走下去。

真心的朋友，
不需要太多的言語和外在的物質來加強這段關係。
因為所有的所有不過是出自於真心相待。

信任不是來自言語，是來自於心。

笑倒在彼此肩上的時候。
邊哭邊流鼻涕的時候。
最醜陋的時候最美的時候。

都沒有保留的，
給予了你最真實的自己。

因為那是你。

有你的春夏或秋冬都會是美好的季節。

秋風吹進每條巷子。

吹進熱鬧的街和寂靜的街。
吹進每間服飾店和每間鬆餅店。

將街上的氣味吹進了我們的心扉。
將我們在一起的每個瞬間變成美好的滋味。

單純的簡單問候卻夾雜著複雜的理由。

若是我們成為了世界上最遙遠的人。

那是因為彼此不再主動。

若是我們成為了最冷漠的人。

那是因為彼此不再信任。

是個時時會惦記著的人。

CHAPTER.2

我們要一起去看最高的山。
我們要一起去看最壯闊的海。

我們要一起當彼此的伴娘伴郎。

我們不要被任何的誤解和謊言拆散,
我們不要對彼此厭煩,好嗎?

我們的友情是上輩子延續下來的吧。

早餐約在河堤旁吃吐司夾蛋配豆漿。

晚餐約在夜市吃牛排配珍珠奶茶。

每一日每一日都這樣的平凡,

不需要大餐,不需要過得炫麗奪目誇張風光。

因為你懂他的想法,他懂你的習慣。

像上輩子就認識了一樣,自然而然。

謝謝你願意讓我看見最真實的你。

想在寒冬中一起去吃個火鍋。

一起坐在同一張桌子，一起討論最近的生活。

笑的時候滿嘴的飯粒。

哭的時候滿臉的委屈。

嘿，親愛的。

不管遇到什麼困難或瓶頸，請記得我都會在這裡。

你是否也會像我想念你一樣的想念我？

現在又下起了雨。

下起了那天一樣細、一樣純淨的雨滴。

你說，因為雲朵看見我們將別離，所以正在默默的哭泣。

但是，你臉上的淚珠也跟著雨珠，

一滴一滴地滴在我們正躺著的那片青綠色草皮。

現在又下起了雨。

下起了那天一樣細、一樣純淨的雨滴。

請你要過得很幸福很幸福。

白天與黑夜輪替。

梅雨季還沒過去又下起了西北雨。

你過得好嗎？

吃得好睡得好嗎？

有沒有找到你愛的也愛你的他？

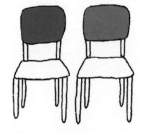

謝謝一直陪伴我的你。

風起了就要飛。

機會來了就要追。

但我卻忘了和我一起的你好疲累。

但我卻忘了好好跟默默支持我的你說聲謝謝。

你就是我生命中的某部份。

我們總是要學會承擔。

承擔好的，承擔不好的。

承擔一段回憶的重量。

承擔日夜思念的惆悵。

承擔自己，

有時也承擔了別人。

參與了誰的曾經。

又走進了誰的心

愛

情

愛情的力量，會使人變得無比勇敢。

愛情給你的感覺，透過小說裡的字句，或透過電影裡的劇情，總是能讓你感覺到甜甜的。但愛情這顆糖果裡包含的不只是甜而已，也許，真的要在自己經歷過後，才能嚐出其中所有的複雜感受，而那些感受，某部份成為了你給愛情的定義，一旦被定義過後的愛情，就變成了難以改變的愛情觀。

我們常常說，戀愛是危險的，因為在愛情這場局裡，你深陷在對他的感情，你付出了所有的自己，你也付出了所有的僅剩，你甚至給了他你的全世界，而這一切的一切，只為了換取他的心。有時愛情，會讓你看不清身邊的風景，也許你們的世界外正是暴風雨，所謂旁觀者清，當局者迷，若是你也愛一點自己，這樣的愛情，誰說不是更好的呢？

嘿，記得，愛自己後，也才能好好的愛別人。

也許我們都不是完美的，但是，兩個人築起的信任與責任，愛與未來，會讓彼此變得更完美，更不可思議的美好。

如果你也想要愛，請先相信愛，勇敢去愛。

你脆弱太久，他也會無法堅強。

因為他喜歡上的你，
是可以為自己活得好好的自信獨立。

因為他喜歡上的你，
是當你說天塌下來還有我撐著的那份勇氣。

感情中獨自享受的快樂不是真的快樂。

強求的愛就像是互相拉扯的繩子。

誰都說服不了誰，無法朝同一個方向走。

繩子漸漸被拉得越來越長。

就像兩人的心漸行漸遠，

直至繩子被扯斷後才發現兩敗俱傷。

因為他給了你百分之百的自己。

他給了你全心全意的愛。

當你累了，
他總是主動問你有沒有什麼他可以幫忙做。
當你餓了，
他總是主動問你要不要幫你買呢，想吃些什麼。

不求你感動，只求你能感受。
感受他的每個真心。
感受他每個瞬間的真摯與全心全意。

一起走向永遠過著幸福快樂生活的 HAPPY ENDING。

一起看過的每一個日落。

一起看過的每一道彩虹。

一起學習在這段感情中成長與包容。

一起珍惜茫茫人海中遇見彼此的緣分與奇蹟。

嘿，你知道嗎？

一切的美好都是關於你。

如果老走舊的路就遇不到新的人了。
DOROTHY ©

形形色色的人。

形形色色的巷弄。

卻找不到和他相似的人。

卻找不到和那天一樣的氣氛。

沒有誰能保證每一段感情會永遠好好的。

就像有些再好聽但聽久了還是會膩的歌。

試著先去愛,試著相信愛。

沒有人擅長愛。

沒有人擅長這世界上最複雜同時也是最簡單的情感。

但誰不想被愛呢？

誰不想好好的愛一個人？

是兩個人共同擁有的安全感與歸屬感，是兩個人一起的成長。

愛情中不應該分誰主動誰被動。

愛情中不應該分誰勇敢誰懦弱。

因為彼此都為了這段感情，

放下了自尊任性與不成熟。

因為彼此都為了走向更好的未來，

而放棄了一個人時可以擁有的安穩與自由。

你願意交付多少的自己？

不要等到來不及，
才想去把握早已散成沙的破碎的心。

不要等到來不及，
才發現遺憾比美好的回憶遠遠多出好多，
甚至對這段感情只有遺憾能形容。

人生看似長長的，能跟很多人談不同的愛情。
但也許一輩子只會有一次的愛情刻骨銘心。

想著化就覺得暖流包圍的那種感覺。

入冬後的夜。

入冬後的每一條街。

人們常常互相依偎。

每一群朋友和每一對情人看起來都是如此般配。

後來發現，依偎的不只是肩與肩。

還有心與心，是心感到暖和後而感染整個世界。

隔了幾個夜隔了幾個月，
但這裡還留著你來過的氣味。

散落的照片一張一張。

徹夜未眠的眼睛一雙一雙。

爭執過後咆哮的聲音不斷在腦海裡重複地播放。

瓦解的信任像是一面又一面正在倒塌的水泥牆。

你和她。

妳和他。

又躲在哪裡暗自療傷？

愛是直接的感受。

還是喜歡你肩膀的寬。

還是喜歡你的手指頭與手掌。

抱起來剛好，握起來剛好。

累的時候給一個擁抱，脆弱的時候給一個依靠。

不要華麗的承諾和誓言。

幸福是存在於真摯溫暖的瞬間。

因為你在身邊。

遊樂園。

電影院。

小吃攤。

咖啡店。

你帶我走過的每一個巷口。

你陪我度過的每一個情人節。

都是世上最美麗的風景，最幸福的日與夜。

你是如此的不可或缺。

就像陽光就像水。

就像夢想就像音樂。

在白天寫信在黑夜想念。

在心裡惦記在未來相陪。

相信自己也要相信緣份。

不要侷限於你擅長的。

還不會的事情不代表學不會。

還不愛的人，不代表未來不會深深愛著。

你的未來我不缺席。

花了好長的時間才遇見你。

走了好長的路才彼此磨合彼此珍惜。

說好了要一起看牽牛織女星。

說好了要一起環遊世界自助旅行。

CHAPTER.4

你就是別人演不來的

獨一無二

有多久，你沒向自己表白了？

在成長的過程中，大多的時間我們與自己相處，一步一步地走到現在，走到現在的你，但是，我們卻沒有想像中了解自己。若是這樣的話，那還有誰能比你自己更了解你？

常常，我們利用零碎的時間與自己溝通，在腦海裡批判錯誤的行為，又將對的樣子刻在腦子裡，每當夜深人靜的時候，我們讓自己的樣子也進入了夢境，因為現實讓你畏懼，所以只能在夢裡逃避，但更多時候，委屈求全的後果是大家都遺忘了你，你也就跟著忽略了自己。

但是，你呢？為什麼你要隱形？

當機會來敲門時，你願不願意推倒為生活築起的安穩高牆，義無反顧的展翅高飛？也許飛得越高時空氣會越稀薄，也許你會看不清原本熟悉的街道與人事物，但你卻可以擁有更寬廣的視野，去認識更多不同的人，去看世界每個角落的風景，去認識不一樣的自己。

這一次，為自己勇敢，從自己發想。

無論那是什麼樣的弦律節奏都是獨一無二。

有些人就像一首歌。

大鳴大放的，精彩的，絢麗的。

有些人就像沒有旋律搭配的歌詞。

沈靜內斂的，細細道來的，真摯溫柔的。

他們都有屬於自己的故事。

專注投入在別人沒有的人生。

問問自己：「你過得好嗎？」

我們偽裝獨立勇敢很快樂。

我們習慣沈默孤單一個人。

有時天空很藍。

有時雨來得突然。

有時遇見了認識的他，說了聲早安。

有時卻裝作不認識一樣。

是否你也曾經有那麼一段日子。

過得沒有靈魂似的，迷失方向。

謝謝所有的過去,成就了現在的自己。

嘲笑就像是最可怕的武器。

輕描淡寫卻傷得最深。

放棄就像是成全了別人而捨棄了自己。

簡簡單單卻帶來遺憾。

百分之九十九的不可能，但還有百分之一的可能。

只要不停歇的努力，就會看見奇蹟。

轉個念，轉個彎。

常常以為簡單很簡單。

但後來發現簡單有時很不簡單。

不簡單的有時卻很簡單。

一切都會值得，前提是你沒放棄一切。

即使失去的再多，
也別失去自己。

即使擁有的不全然是快樂，
但也要努力的生活下去。

你的微笑是最美的風景。

最美的不是身上的名牌衣或腳上昂貴的鞋。

最美的不是對著鏡頭時表現出的虛偽熱情與自信。

最美的是你的微笑。

是你發自內心時揚起的嘴角。

嘿，你替自己決定吧。

我們沒辦法決定什麼樣的人會留在我們身邊。

但我們能決定留在什麼樣的人身邊。

沉默並不代表高尚，沉默也許會使你無法學習更多思想。

無知的不是那些勇於發表內心想法的人。

無知的是那些從不發表內心想法，

只因為害怕接受譴責的人們。

沒有什麼比悲傷更不值錢，沒有什麼比真心快樂更有價值。

聖誕節的歌充滿了整條街。

熱騰騰的祝福充滿了整個世界。

也許今晚，孤單的人都不再寂寞。

也許今晚，悲傷的人都能重新擁有快樂與感動。

是真摯的靈魂而不是空洞虛假的驅殼。

選擇最適合的而不是選擇最好的。

選擇最精彩的而不是選擇最華麗的。

寧願自己是樸實自然的不完美，

也不要自己是矯柔造作的完美樣。

要相信有很多人也正在經歷你的經歷，
不要感到孤單不要感到灰心。

他把回憶作成一首歌。

而他的回憶又變成了另一個他的回憶。

世上很多人沒有直接的關係，但卻能有相同的頻率。

先狨自己改變起。

不需要好的時代來襯托我們。

讓我們來襯托這是個好的時代。

不一是要去很高的地方，去適合你的地方。

不要等人生改變你。

你可以先改變自己的人生。

考驗會帶來成長，挫折會帶來堅強。

我們要找到屬於自己的舞台。

然後大放異彩。

我們要找到屬於自己的勇敢。

走過嘲笑諷刺脆弱孤單和每個難關。

要相信未來的你會變得十倍好。

當他們取笑你的勇氣。

那就用你的未來證明你的過去。

不要害怕成為他們之中的獨一無二。

你只是不想學他們的平凡罷了。

平凡是學來的。

勇氣是學不來的。

後記

在這本書的最後，我想謝謝一路上支持我的家人，謝謝你們在我遇到困境時借我肩膀依靠、拉我一把、給我希望、給我擁抱。謝謝我的好朋友們，你們給我無數次的鼓勵與感動，你們給我靈感、給我美好。謝謝陪我走到現在的每一位粉絲，你們的打氣留言，你們的溫暖來信，每一字每一句我都覺得無比珍貴。

謝謝時報出版優活線的團隊，真的好謝謝你們。為了能讓這本書順利的出版，以及更美好地呈現於讀者面前，你們總是不嫌麻煩地在電話裡討論每一個細節每一個設計，在電子郵件裡討論每個能讓這本書變更好的可能或機會，開了一次又一次的會議，熬了一次又一次的夜。謝謝我的經紀人 Joseph，你給了我好多專業的建議，讓我看見更遼闊的世界。

常常覺得，能擁有你們是何其有幸啊。

謝謝我遇見的所有人，少了任何一個人，我就不會成為現在的我。
謝謝我曾擁有的那些困境與難關，少了任何一個挫折與顛

簸，我也許就無法像現在這樣的勇敢，像現在這樣的堅強。

未來的日子還有好長，誰也說不準絕對不會遇見什麼樣的人，絕對不會只快樂或悲傷。也許某一天我們會在轉角相遇，會坐在河堤旁的同一張桌子喝咖啡，會在同一座山上看曙光，會坐在同一條街的長椅上看人來人往，會在海邊的演唱會並肩吶喊。

先不管未來的樣子是否會像你想像的那樣，只要你時時刻刻的記得，你現在的樣子，你應該要有的樣子。我想若是未來真的到來，那你也是心甘情願的，滿足的接受那時的自己。

對自己誠實，那向其他人誠實地做自己也就不困難了。

謝謝你讀完這本表白書，謝謝你願意將它捧在手上，一字一句的，一篇一章的，將所有圖文仔細閱畢。

現在，換你表白吧。

海 中 遇 見 你 知 道 嗎 替 月 惜 人 海
遠 在 一 起 好 改 變 已 因 為 你 永 遠
我 給 打 謝 嗎 走 亮 讀 就 是 你 養 我
像 念 親 謝 ？ 吧 要 不 對 不 起 好 像
你 我 愛 你 給 有 空 回 家 要 重 空 你
情 喜 的 。 敬 我 們 交 往 吧 ！ 友 情
歲 歡 是 **其 實 ， 我 想 說** 頒 率 萬 歲
有 你 在 ， 姐 們 踏 伴 陪 爸 爸 哈 有
最 美 好 的 事 其 實 ， 我 想 說 是 最
自 己 啦 存 在 累 了 就 很 祝 朋 的 自
好 未 來 媽 媽 無 可 取 代 歲 珍 海 中
你 知 道 嗎 替 月 惜 人 海 中 永 遠 在
好 改 變 已 因 為 你 永 遠 在 養 我 給
嗎 走 亮 讀 就 是 你 養 我 給 一 起 好
已 因 為 你 永 遠 在 我 給 打 謝 嗎 走
就 是 你 養 我 給 好 像 念 親 謝 ？ 吧
對 不 起 好 像 念 空 你 我 愛 你 給 歲

你是不是也有話想跟心底最重要的那個人
說說呢？
請利用下一頁的表白頁，圈寫下想說的話吧。
試著勇敢、誠實、坦率，
這次換你囉。

珍惜你你起重吧！率爸説朋友
歲月為是不要往頻爸想祝好
代替因就對家交同陪我很都
取嗎已讀不回們相伴，就切
可道變亮要空我有踏實了一
無知改走吧有敬你們其累你
媽你好嗎？給。見姐事在望
媽見起謝謝你的嘿，的存希
來遇一打親愛你是在好啦活
未中在給念我喜歡你美己生
好海遠我像你情歲有最自力
還人永養好空友萬哈是的努

表白：那些說不出口的話

作　　　　　者－Dorothy

主　　　　　編－陳秀娟

責　任　編　輯－楊淑媚

美　術　設　計－Rika Su

校　　　　　對－Dorothy、楊淑媚

行　銷　企　劃－塗幸儀

優活線編輯總監－梁芳春

董　　事　　長－趙政岷

經　紀　公　司－艾朵國際股份有限公司

出　　版　　者－時報文化出版企業股份有限公司

　　　　　　　　108019 台北市和平西路三段二四〇號七樓

　　　　　　　　發　行　專　線－（〇二）二三〇六－六八四二

　　　　　　　　讀者服務專線－〇八〇〇－二三一－一七〇五

　　　　　　　　　　　　　　　（〇二）二三〇四－七一〇三

　　　　　　　　讀者服務傳真－（〇二）二三〇四－六八五八

　　　　　　　　郵　　　　　撥－一九三四四七二四時報文化出版公司

　　　　　　　　信　　　　　箱－一〇八九九臺北華江橋郵局第九九信箱

時　報　悅　讀　網－http://www.readingtimes.com.tw

電　子　郵　件　信－yoho@readingtimes.com.tw

法　律　顧　問－理律法律事務所　陳長文律師、李念祖律師

印　　　　　刷－和楹印刷有限公司

初　版　一　刷－二〇一五年一月三十日

初 版 二 十 二 刷－二〇二一年十二月三十日

定　　　　　價－新台幣二八〇元

表白：那些說不出口的話 / Dorothy 作.
– 初版 .-- 臺北市：時報文化, 2015.1
面；　公分
ISBN 978-957-13-6180-2（平裝）

855　　　　　　　104000184